歌集
いのち守りて

岡﨑澄衛

文芸社

序

對馬完治

多年の医業体験の感慨を叙べた一連である。三十余年間に取り扱った患者はおびただしき数であろう。カルテには詳細の記録がのこるであろうけれどその一人一人に対する作者との人間的関係は知るべくもないが、一連以て人生の哀歓を味い得るということが芸の故である。

作者は、人間創造の神を畏れつつ、人間のささぐるあたたかさをおもい、まだ癒えぬ児の手を振りながら見送る顔、夜を徹して命をとりとめたる河豚中毒患者、定命なるを死なしめて、なお力足らざる面を思いつつ酒を酌む。〝深き夜の柱鏡にわれの顔残る齢をもちてうつれり〟立ちどまって己をきびしくあたたかく省りみるとき本当の歌が生れる。

（旧版序）

解説

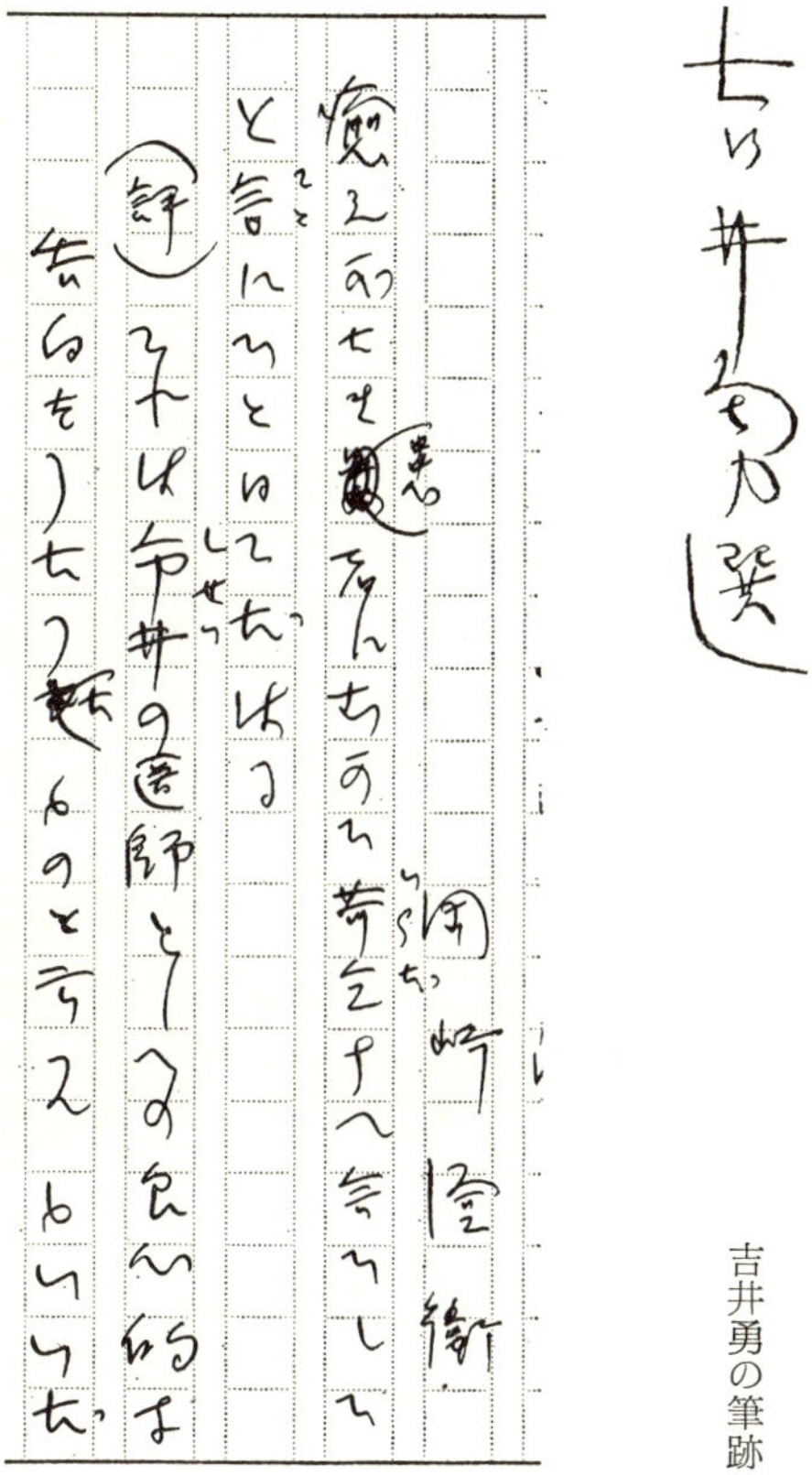

吉井勇の筆跡

眠る児の額に手をば触れて思ふいかなる未来を生きてゆくかと

（評）　今度の岡崎君の歌は、医師としての歌とも見られるし、或いは父親としての歌とも見られるのであります。いづれにしても強く心を打つものがあるのは事実でありまして、これまでの岡崎君の歌としては、何か医師以上の宗教的な深さがあると思ひます。さういふ点岡崎君のこれまでの歌の中では最深く、最愛情に富んだ歌だと云つてもいいかも知れません。眠る幼児の額に手を当てながら、その子の未来を考へるのは、作者の人生観がよくわかり、何となく読んでゐて頭の下つて来るものがあります。

転医せむと決《き》めゐしならむ往診せし吾に硬ばりし面《おも》を向けたり

（評）　岡崎君の町医者としての歌は一種のすぐれた生活歌であつて、何か庶民的な親しみが感じられます。私はまた一面、いつも岡崎君の歌を読んで連想されるのは、井伏鱒二の書いた市井小説の持つてゐる庶民性であって生活苦を訴へる場合にも、何処かに明るいユーモアが漂つてゐるやうに思はれるのでありますす。この歌には医者としての神経の鋭さや、患者に対する思ひやりがよく現はれてゐますが、『転医』といふ熟語が新しく、医者を変へるといふ意味から来る寂しさも、しみじみと感じることが出来ます。作者は肉体の医者といふよりも、心の医者と云つた方がいいのではないでせうか。

幻聴の電話に覚めしあかときを思ひは到《いた》る病む人のうへに

（評）　この作者は開業医らしく、まだこのほかにも『真夜中の往診より帰り冷えきりし番茶をすすり眠らむとする』『永病むと愚痴言ふ人に逆らはずその胸を聴く聴診器もて』などといふ、そのまま医師としての日常生活をうたつた歌があります。全体に好感が持てるのは、この作者の人間愛が極めて純情なためでありませう。ここに選んだ歌だけを見て『幻聴の電話に覚める』といふ気持には、医師を職業として、献身的に病めるもののために尽くしてゐる真実が、はつきりありのままに語られてゐて、おのづから頭の下がるものがあります。

癒えがたき患者にむかひ苛《いら》立ちて言ひしひと言《こと》にひと日こだはる

（評）　これは市井の医師としての良心的な告白をうたつたものと云つてもいいだろうと思ひます。すべて作者自身の性格から生れた歌であつてこれを読んでゐると作者の強い反省の心持が、ひしひしと胸に迫つて来て、清くひたぶるな魂に、直接触れるやうな気がするのであります。医師といふものは、人間の生命を司どる聖職と云つてもいい職業でありますから、この作者のようにきびしい良心を持つのは当然のことではありますが、しかし現代のやうな社会では、これだけの良心でも尊しとせなければならないところに、一脈の寂しさがあるのであります。

治す術なきに往診せねばならぬ秋の曇り日憤り湧く

（評）　これは医師の歌ですが、その心境には強く正しく清らかなものがあると思はれます。即ち現代の医術では全治さすことが出来ないのに、曇つた秋空の今日も往診して気安めに過ぎない言葉を言はなければならないのかと医師である自分に対する憤りをうたつたものと思ひますが、或ひは作者としてはそれを更に拡大して人間の生命の如何ともし難い運命に対する憤りをうたつてゐるのかも知れません。いづれにしても医師としての心境がよく現はれてゐる、いい歌だと思ひました。

目次

序　対馬完治
解説　吉井　勇

昭和四十六年―四十七年
孤独……二三
白き睾丸……二五
いのち守りて……二六
広島……三二
孫……三四
三島由紀夫割腹……三六
こほろぎ……三七

昭和四十五年
検屍一……四〇

鯉……四二
ストリップ……四四
孫むすめ……四六
せせらぎ……四八
隠岐……五〇
ビアフラ……五二

昭和四十四年

蔵王……五四
頌歌……五七
川尻……六〇
輸血……六二
論争……六四
忌日……六五

昭和四十三年

瑠璃光寺……六七
ソ連進駐……七〇
集魚燈……七一
姉夫婦……七三
梅苗……七五
遺骨収集団……七七

昭和四十二年

献血……七九
磯岩……八二
幻の城……八五
母の死……八六

昭和四十一年
心筋梗塞の母を……九〇
鉱物……九二
氷雨……九四
合掌……九六
黄沙……九九

昭和四十年
桧山……一〇二
寝椅子……一〇四
十和田湖……一〇七
河豚中毒……一一〇
冬陽……一一二
太き手……一一四

未来……一一六

昭和三十九年

大山《だいせん》……一一八

検屍二……一二〇

初夏……一二二

年始……一二五

昭和三十八年

ケネディの死……一二七

ヘルン旧居……一二九

霧雨……一三一

胃手術……一三三

昭和三十七年
海鳴……一三七
内臓……一三九
水泳……一四一
往診……一四三
昭和三十六年
棚田……一四八
叔母逝く……一四九
ヘルニア手術……一五一
昭和三十五年
地上懇親会……一五四
安保デモ……一五六

昭和三十四年
遺書……一五七
昭和三十三年
海原……一六一
昭和三十二年
燕の声……一六六
昭和三十年―三十一年
伊東静雄詩碑除幕式……一六九
氷雨……一七四
幻聴……一七七

昭和二十三年―二十九年
白骨……一八一
大山……一八四
昭和十七年以前
追悼須山久子……一八九
臼挽き……一九二
越後海岸椎谷にて……一九五
蟠龍湖……一九六
あとがき(旧版)　一九七
新装復刻版へのあとがき　二〇一

歌集

いのち守りて

昭和四十六年―四十七年

孤独

遺族らの熱き祈りに応《こた》へたる一兵ありき洞にひそみて

洞穴の孤独に耐へし一兵の靱《つよ》き神経われにあれかし

銃は陛下に返すと兵の言ふ声を涙あふれてわ
が聞きてをり

もの音に獣のごとくおびえつつ月と星とへ話
しかけしか

グァム島の洞にひそみし兵あれど硫黄島なる
弟はどくろか

遺骨とて石ころ一つ還りしとをみなは語る自
嘲するがに

白き睾丸

轢死体の作業衣とれば破裂せし白き睾丸幼く見ゆる

いさぎよく自決を遂げし青年を埋めむ丘よ氷雨すさぶな

青年の堆肥やりゐし梅林の花香り来よそのおくつきに

いのち守りて

急患と玄関たたき呼ぶ声は夢なりしかはた幻聴なりしか

診察の室に入り来し漁婦の手に鱗つきゐて海の匂ひす

亡き父に受診したりと言ふ人に親しみおぼえわが診察す

やうやくに癒してやりし重症の漁夫はつぶやく働けずとて

レントゲンに透す胸部の癒えし痕幾歳月の哀歓もちて

浮腫《むく》みたる媼《をうな》の脈をとりながら永き安息の迫る冷たさ

漁夫のくれし新聞包ひらく時魚一つあり未だあぎとふ

往診の帰りに憩ふ岬にて海の香りを胸ふかく
吸ふ

硬ばりし表情今日はゆるみきて菩薩のごとく
思ほゆるかも

訪れし家の牛舎に牛たちはいぶかしげなる瞳
据ゑたり

柵のなかに狂ひ乙女は竹を振るゆるき動作を
くりかへしをり

自動車にわが村離《さか》りゆく時は常に頭《づ》を圧《お》すもののうすらぐ

遠く病む君も仰ぐやと思ひつつ深夜の星座に親しみの湧く

年令をもたざる海はしぶきあぐるシュプレヒコールの声若々し

縫合しつつ鉗子止血のこの刻も無辜の民らへむごき盲爆

天末線圧する空へ海原は無数に波の白き眼を
むく

見はるかす畑いちめんに浄《きよ》きもの捧ぐるさま
にたばこ花咲く

亡き祖父はわれの齢により大き愁ひをもちて
日々を生きしか

われよりも深き愁ひを抱く人あるやも知れず
この汽車のうち

車体をば触れ合はむとし離《さか》れゆく電車は人の運命《さだめ》を思はす

秋晴れの青澄む空へ火葬場のしろき煙はいま交《ま》ざり合ふ

鉄の扉のうち轟々と燃えゐるに人らは釣のことなぞ話す

広島

墓石にみな八月の十五日死と彫られしに湧きくる憤《いか》り

北風《きた》吹きて波尖《とが》り寄る荒磯はつはぶきの花陽に冴え冴えし

全禿となりたりと聞くみとり婦らはや黒髪の生ひしならむか

掘りあぐる遺骨の色はテレビにて鉱物のごと
見ゆる寂しさ

過疎部落の廃屋燃やす火群なり執念すべて亡
びゆく色

白人の鬼畜のこころ証したり無辜撃たしめし
カリー中尉は

孫

われの血を継ぐみどり児にわがあくびうつりしものか大きあくびは
（伊藤由美）

這ふ孫のかがやく頬よその母の婚を拒みし日もありしなり
（伊藤由美）

危ふげに障子つたひて立つ孫の笑声あぐるは見よといふにか
（伊藤由美）

むつきをばひきずりながらひたむきに這ひくる孫の息はずませて　（伊藤由美）

片言《かたこと》をつぶやきながら這ひてくる孫の瞳のひたむきなるも　（三浦達）

抱きてやる孫のつむりのあたたかさ幼きいのちすこやかにあれ　（三浦達）

みちのくへ帰りてゆきしうひ孫のふとんに入ればミルクの匂ふ　（三浦達）

三島由紀夫割腹

屍に鞭うつならず反庶民のそのヒロイズムわが肯はず

割腹《はらさ》きしいまはのきはに次の代の日本侍みしこころ哀しも

楯の会の性格を見誤りしとぞ陳謝のみにてますつもりか

こほろぎ

厨べに背をかがめつつ柿食みし母はいまさず
こほろぎの鳴く

向岬越え来し霧は迅速に低く襲ひて海原を呑
む

海原に白く光るもの一つあり低きうねりに乗
る鳥にして

隊長の未亡人より柿とどく戦野に脈をとりし日杳《はる》か
（赤松キイ氏）

寝ねぎはに妻のつくりし玉子酒灯かげに光る虹の色して

湯気こもる朝の厨の雑煮より海苔の香りのしるく立ちつつ

よそほひし乙女は瞳かがやかせ式へと答ふやや大人びて
成年式

岨山のいづこに踏みし石なるかほど経て谷へころびゆく音

老いづきし人らの顔と歩きざま親に似て来しとゆきずりに見る

わが生れし家の土蔵の白壁に朝光《かげ》さすが遠く見えしに

昭和四十五年

検屍一

ながが病みて浴槽に自殺せし老女はきてをりた
り新しきパンティ

まま裸の老女検屍の警官はまづ合掌しこころ和
むも

警官のカメラは角度変えつつも屍をうつすまだうつすのか

検屍されてフラッシュ浴ぶる老女の恥部覆ふ布一枚のあれ

煙突の黒煙白く変りたりはや内臓に焔うつるか

屍に蛆のうごめく山深く夏うぐひすの声すきとおる

鯉

秋深く水澄みて来し池の鯉はや餌を欲りて群るることなし

屯ろせる雲のいくつに入日さし並み立つ稲架《はさ》の明るく浮ぶ

冬日昏れて心空しく帰りゆく舗道をたたき荒き雨ふる

海風をかこへる崖の陽だまりに女人夫らかたまりて憩ふ

稲穂田に張りわたされしひとすぢの光の紐は心せはしき

妻とわれ残りし家に灯はともりこほろぎの声こころに沁みる

山上にブルドーザー小さく往き来して赤土の肌空にひろがる

ストリップ

うすものを透して恥毛見せながらスタジオに
あはれ生業とする

陰《ほと》のうへ手を覆ひつつま裸のをみな妖しく軀《み》
をくねらする

ま裸の女体見むよりシルエット妖しくうごく
さまのうつくし

ストリップ見つつ思ふこの裸女をあやつるものの利潤いかにと

海女《あま》のごと腰にすだれを垂らしたる裸女は音楽につれてポーズす

スタジオの裸女に瞳をこらしゐる観客の顔見つつたのしむ

孫むすめ

水色の蚊帳に睡れる孫の顔のぞき見てをり灯りともして

あやす手を拒みて額に皺よするこの孫むすめはや自我をもつ

蒙古斑青き臀《しり》もつ孫むすめいかなる未来を生くるならむか

おのが軀《み》にコンプレックス抱く日のなかれと
念《ねが》ふこのうひ孫に

あどけなき面輪の孫があるときは何思ふらむ
きつき瞳す

口笛を吹く口つきをするときの孫の面輪はあ
やにめぐしも

うひ孫の機嫌とらむと渡すものなべて抛つ何
焦立つや

せせらぎ

下刈の憩ひに汗をぬぐひつつ祖父も聞きしか
谷のせせらぎ

鎌の刃になぎ倒しゆく草の木の匂ひたかしも
杉の下刈

ひらきたる弁当に落ちし木の葉くづ除《よ》けて食
ぶるも炎天の下

萱群のかげとなりたる幼な杉青々としていのちを保つ

木の橋の継ぎ目ゆのぞく谷川に苔もてる石みな透きて見ゆ

陽の色をよく吸ひて来し大き枇杷掌に愛しみつつ唇にせむとす

隠岐

寂しさに耐へたる色に咲きてをり隠岐しやくなげは夕の明りに

浪荒き海のもなかの千鳥たち生くる喜びありて飛べるか

生きているものの哀しさ鵜の糞は点々と白し崖の岩肌

雨に咲く宵待草の群落を灯に照らしゆく荒磯のみち

木がくれのゆすらの赤きつぶら実を佛となりし母に食べさす

幾段《きだ》もなして寄せくる波頭くらき吹雪の海の沖より

み社の扉にかかる海の藻はからからから乾き潮の香のする

ビアフラ

うつろなる瞳肋骨《あばら》透きし児ら裸足に行けり糧を夢みて

巨き肩やさしき瞳在りし日の吉井勇師語りつつ酌む

わが庭の噴水の辺に降りし鳥天をうかがひ素早く水のむ

冬山に腰をおろして取り出す蜜柑ひとつの色
の明るさ

憚るがごとき音して降りいでし夜明けの雨は
いつか止みゐし

老いづけどいのちは燃えて抱き合ふときに吾
妹の低き声あぐ

憚らず腿触れ合ひて睡る妻わが亡きあとに夜
は長からむ

昭和四十四年

蔵王

天そそる蔵王が山のから松はさびしきものか
寄り合ひて立つ

紅葉せし木と紅葉せぬ木とありて紋様なしつ
つひと山揺るる

風のなき蔵王が山に落葉松《からまつ》の林そよぎて立つはさびしも

ブナ林の涯を湧きくる深霧のたちまちにして一山を呑む

雪国の人のいのちを養ふとかかる温泉《いでゆ》を神は生みしか

紅葉せしいただき指して人あらぬリフトゆれつつ遠くつづくも

谷ぞひのみな紅葉せるなかにしてはんの木原
の青すがすがし

さびしさに佇む人の姿にて稲架かぎりなし羽
前ひろ野に

雲抜きて陽縞さしゐる向つ岬白く光るは舟に
かあらむ

谷あひに家もつ人のいとなみを寂しと思ふ山
より見れば

頌歌

庭にさす朝陽を弾き水を撒く木々のみどりの息吹きのなかに

朝なさな鏡に梳る新妻の黒髪ながく添ひて行きませ

炎天に血潮の色を捧げつつ百日紅は咲きしづまれる

波ひきし渚の砂にうたかたは虹色なして夕陽かがやく

悔いもたぬ池の鯉らは深き夜のしじまを破り音たてて跳ぶ

それぞれに哀歓もてる群衆の中に夜空の花火を仰ぐ

半身の不随癒やせし老人の水漬《づ》く田の稲刈るといきほふ

児心音わが聴き終へて聴診器を妊婦の耳へいのち聴かする

保育園二首

園児にはう歯の多きに宝石の白さをもてる歯並びに逢ふ

身体検査

餌をまけばもつれ合ひつつ浮きあがる緋鯉真鯉ら光る水面に

風向きの変りし昼を冴して山の方より海鳴おこる

川尻

流れ絶え川尻の砂いくすぢに岐れていまし水
そそぎゆく

暗みゆく海原にゐる小さき舟しきりに向きを
替へて漁る

暗みゆく水平線に一つ灯のあとつぎつぎに漁《いさ》
り火生るゐ

屋根壊《く》えし刈柴《ひたき》小屋より亡き人の持ちし除草
機赤錆びて出づ

うちまもる白き死顔は君と思へずかの温顔に
いや遠くして

松本郷三氏三首

み柩を送りてしばし眺めたり君のこころの沁
みし庭木々

さぐりあてしわが手をとりて激痛を訴へしか
ないまはの声は

輸血

輸血ややめぐりて来しかくれなゐの失せし唇
やや動き初む

抱かれ来し下半身麻痺の成年にあはれ陰の毛
生えそろひたり

癒したる医師の悦び味へと電話に言はしケー
キとどきぬ

永病みて昼ひとり臥す媼あり時計の明るき音を友として

夜の患者送り出して手を洗ふ三十年慣れし冷たき液に

氷雨ふる夕の道より灯りたる丘の鶏舎はあたたかく見ゆ

深き夜の柱鏡にわれの顔残る齢をもちてうつれり

論争

論争は遂に噛み合はず炬燵立つ大学の児と白髪のわれは

父われを折伏せずば止むまじ大学の児に純粋さ見つ

心まで隔たるならず炬燵にて児とせし議論反芻すれば

忌日

何処やらにまなこ開きて亡き母のわが家みおろす忌日めぐり来

寒すぎて海鳴らぬ夜の厠にて母の忌日の近きを思ふ

疎みたる亡母《はは》の面輪に似て来しとわが顔を見る夜の鏡に

削られし棕梠の木肌は深雪の中より立てりふぶく氷雨に

野面には冬陽充ちゐて草の葉につるむ蜻蛉《あきつ》のうごく寂しさ

気疲れて眠れぬ夜々は卓球を妻とするかも児ら思ひつつ

棗色に陽灼けし老婆とゆきずりに老いたるさまを互《かた》みに語る

昭和四十三年

瑠璃光寺（山口市）

いかなる祈りをこめて建てしならむ五重の塔
に宝珠天を指す

さわやかにも風鐸の鳴る日はなきか五重の塔
をわが仰ぎ立つ

この年のつひの生命を鳴きつくす虫の音ほそし山の畑より

静まりし潮騒を背に歩みゆく残ることしの陽ざし浴びつつ

神の手に蘇りきて白粥に箸をとらすか押しいただきて
八木沢君子氏

蘭の鉢あけびの鉢の緑濃く君在りし日のままに陽を浴ぶ
故池見猛郎邸

夕光になびく葦群刈りてゆく足下につよき伏
流の鳴る

誰がものとなるやも知らずこの山の葛切りや
れば杉青々し

玻璃の器に真珠の涙光りつつマリモ慕ふか母
なる潮を

ソ連進駐

チェッコにソ連進駐す犯されて胎りしわが同
胞憶ふ

大国の戦車なだれてゆく国に無辜の民らの傷
つくなかれ

銃剣と戦車ひしめきすすむ地に犯さるる婦の
なかれと祈る

集魚燈

断崖に見おろす舟の集魚燈海の底なる石さへ見する

夜の灘へ産卵にくる飛魚にかの集魚燈あはれ明るし

海の香のつよき飛魚ぶらさげて診察室へ老女入りくる

草丘のながく日暮を蜻蛉はくろき羽根にてゆるく呼吸す

愁ひある乙女佇つごと淡紅《とき》色のたばこの花は梅雨空の下

夏山の山ふところに花合歓《ねむ》のあこがれの色うす紅に

嬰り児の未来をつつむ象にて睡蓮の蕾仄かに白し

姉夫婦

姉夫婦栽《つく》りし南瓜馬鈴薯に柚子青紫蘇の香り
も添へて

畑の土に抱かれゐしさま目に浮ぶ姉らつくり
し大き馬鈴薯

陽の色に緊りて熟れし南瓜なり好みし母をう
から言ひいづ

水清き流れに透きてゐし鮎をわがいただきて
香ぐはしく焼く

瞼《まぶた》を開くれば壊れゆくごとし覚めたる夢の象《かたち》
たのしむ

知る人も知らざる人も知るごとしと詠ましし
歌のわが魂に触る
大山大氏

巨き師の血を享け継ぎし人の手の握手賜ひき
暖かかりき
窪田章一郎先生

梅苗

一郷の空を暗くし吹雪する丘畑に妻と梅苗植うる

清き香をはなつ梅林眼にうかべ吹雪く丘べに梅苗植うる

寡婦として一生《よ》を清く保ちたる母の形見に植ゑむ白梅

吹雪する丘畑の土深く掘り梅の苗木のいのち
植うるも

隣り湯にゐる老女らの疎まるる話聞きつつ亡《な》
き母に詫《わ》ぶ

永遠の生命を詩碑に残したる君のみ魂も今日
還りませ

伊東静雄忌

冬の陽に輝きながら樫の葉のちぎれむばかり
風に抗ふ

遺骨収集団

レイテ島に埋もれている白骨をテレビに見つ
む息のむ思ひに

脛骨と見ゆるを拾ふテレビ消ゆまなぶた熱く
わが見てゐるに

硫黄島にわが弟の骨ころがるをレイテの遺骨
あに見過さむ

小児麻痺診てやりし日は杳かなり跪行しゆく
が娘さびたる

死にいたる病ひ悟れるひとの脈とれば冷めた
き鉱石《いし》の感触

生命をばあきらめし眼を据ゑてをり栄養注射
今日はためらふ

物言へぬ唇にかすかに笑み浮べうなづきたり
し訣れとなりぬ

昭和四十二年

献血

病める人ありと思へぬ秋空の明るき下に献血をする

死にいたる病ひの人とさりげなく訣れ来にけり手を握るなく

もがれたる腕のごとくに落葉せし鈴懸の樹は
陽に露はなり

つきたての餅を思はす汝が性《さが》を触れなむ人の
傷むるなゆめ

亡き祖父の記せし山誌しるべにて懐しみ踏む
わが家の尾根を

うらぶれて中原中也この丘のここのベンチに
倚りし日ありや

亀山公園

朝陽さす公園に樹々生きてありわれの呼吸を
豊かならしむ

年輪の我と変らぬ公園の樹木ら我に語りかく
るがに

公園の樹群に秋の朝陽充ちザビエルの鐘神寂
びて鳴る

公園の朝の光にわが影を踏みつつ行きて心つ
つまし

磯岩

入湾の潮ひくときに磯岩は烈しく光り夏は来りぬ

蒼みもつ湾の渚にふさふさと海藻揺すり潮満ちきたる

海藻のかげへむかひて透明の水母はゆるく呼吸しゆけり

海原をすべりてきたる浪の秀のみなあつまり
てひと揉みに揉む

若き杉を撓めし葛《かづら》も梢に咲くうす紅の花は憎
しみがたし

杉山の下刈りしとき咲きてゐし葛は青き莢と
なりゐぬ

山焼きて帰りしわれの躯より羊歯の匂ひす夜
の街行くに

盆近く風立ちそめて日もすがら落ちつきがたく風鈴は鳴る

しら雲は涼しくレース透せつつ天心の月を誘はむとす

心まで遠くなりたり娘の吊りしみちのく風鈴夏されば鳴る

幻の城

美作の津山の人はまぼろしの城を描かしむ石
垣の上に

渓流に沿ふ山肌に点々とこぶしの咲きてまな
ぶたに沁む

ユトリロの目にとまりたるコルシカの樹木の
緑永遠の画となる

母の死

死に給ひし母に添寝の蒲団よりほそき寝息の
きこゆる思ひす

死の化粧なされし母の角かくし若かりし日の
面影うかぶ

身じまひは秘《ひそ》かにせよと亡き母の遺言なるに
人ら立ち見る

為《せ》ねばならぬこととするらし弔問の人らが母の白布また除《と》る

いたはりて肩もむことも為さざりし柩の母の頬撫でてやる

柩なる母の面輪にクリームをつけてやらむと思ひて果さず

暈《かさ》のなき母なりしかど鉄の器に寝すがたの骨あまりに乏し

火葬場を出でしところの白梅や母の一生《よ》は清らかなりし

巡礼の姿となりて死の旅に出でたる母はいづこ行くらむ

厠に立つことも叶はで這ひし母死出の旅路をいかに行くかむ

喜寿を祝《ほ》ぐつもりで飲めとおん母の葬ひ酒を人には言ひつ

形見頒けの名札をつけし召物にまぼろしの母を歩ませて見つ

旅の宿に瞼とぢつつ海原を流木となりてわれは漂ふ

つぎつぎに硝子戸鳴らし寒の夜を空に渦巻く風の音する

病みの苦を超えたる母の死顔は下《しも》ぶくれして少し若やぐ

昭和四十一年

心筋梗塞の母を

喘ぎつつ口唇の色暗みゆく母の脈搏くりかへし取る

わが母に酸素吸入の夜は更けて沸きいづる泡沈黙《しじま》を刻む

掛蒲団動くを見つつ忙しなき母の呼吸を術《すべ》なく数ふ

死に給ふ母と思ひし刻過ぎて呼吸安らぐ面輪笑みます

病む母が妻へ尿《いばり》を採らせつつやさしくなりて話し合ふ声

病む母が吐きたる空気われも吸う一つの部屋に久々に寝て

鉱物

老びとの脈とらむとし鉱物の硬さをもてる骨
に触れたる

癒えたれどまだ血色のわるき児が往診車のわ
れに永く手を振る

抗ひし患者もつひに乗せられて貨物のごとく
遠ざかりゆく

吹雪く夜を帰る身内に熱く燃ゆ友のすすめし
ジョニー・ウォーカー　　浅井喜多治氏

自が尿採りてもらひて生きてゆく老びとは何
のたのしみ持てる

死にいたる病ひもつ婦の白き足浮腫《むく》みしまま
に年改まる

脳膜炎わが癒したるその娘嫁ぐと語る父母こ
もごもに

氷雨

氷雨ふる夜を停りゐる貨車の上に光のべつつ
列車入りくる

冬凪ぎし海原のうへ一列の光となりて白き鳥
翔ぶ

高島の灯台の灯は訴へるごとく光るも冬の日
昏れを

冬雲の重たき空のひとときは光さしつつまた
粉雪舞ふ

潮風に吹きもまれゐる無花果の裸か木ながら
青く角ぐむ

森林太郎の墓とのみ彫り鴎外はわが石見人の
素朴さ遺す

わが家いま建ちあがりたり青空を背にしみの
桁打ちこむ響き

合掌

まさぐれる手はおのづから合掌のかたちとなりぬ死にゆく女《ひと》は

人体は神の創《つく》るを疑はず幼児の裂けし腿を縫ひつつ

病みはてて骨まで痩せし下腹にをみなの起伏保つかなしき

たちまちに呼吸絶えたるをゆすぶれるその妻
にまだ涙は湧かず

弾力の失せし手の脈とらむとしいのち迫れる
冷たさに触る

水死せし老婆検屍す敬虔のこころに遠き手つ
きをもちて

ヘッドライトに照らし出されし吾の影背をか
がめゆく鞄抱きて

山峡に病めるをみなは癒えがたく植田の緑日日に色濃し

ふくろふは不眠の吾に伽をして暁白むまで間をおきて鳴く

四十度の熱さがらぬを診て帰り夕の酒酌む考へながら

轢死せし青年の手を物体のごと拾ひあげ指紋燈にとる

黄沙

大陸の黄沙に一天くらき日は夕べとなりて心おちつく

食卓にわだつみの色よみがへる湯をくぐらせし生の和布《わかめ》に

霧こめし砂浜に掛けて干す若布《わかめ》濡れ光りつつ潮の雫す

天つ日もさやかに照せ師の歌碑の永遠《とわ》のいのちをもちて生まれしを

庭石のひとつびとつが性格をもちて浮き立つ月の明りに

梅雨空のしたに煙草の筒花は淡紅いろを捧げてつづく

深山の原木とならむ炎天下行くトラックに苔青青し

白波の洗へる岩に女らの海苔かく音の軋る夕べは

濃き藍の海よりつぎて起つ波の冬陽に光るかくも純白《ましろ》に

雪雲の重たく垂れし海原は黒みをもちて蒼くしづまる

鉄と鉄打ち合ふ音の響ききて海辺の宿に暁早く覚む

昭和四十年

桧山

桧山の尾根より見ればさわがしく霰いそぎて
谷へ降りむ

北風は霰まじりに山茶花の冴えきはまれる花
をふるはす

山襞は陽の露《あら》はにて樹海より紅葉の色の滲《にじ》み
いでたる

伯耆野の田にかぎりなく稲束は人ひざまづく
態《さま》におかれて

月明りしてゐしものか暁近くなり外の面の暗
くなりたる

山裾を劃《かぎ》りて白き墓群はおそ秋の陽にあたた
まり合ふ

寝椅子

力なく寝椅子に倚れる老母の来し方想ふまなざしをして

寝しづまる厨に立ちし老母の咽頭《のんど》鳴らして夜の水飲む

夜半さめし心さわぎに障子越し老母の寝息たしかめてみる

睡眠に入りし蚕はそれぞれに祈る姿態を保ちつつある

家族にも打明けられぬ死の薬賜へと老は吾を拝みし

菱の葉の繁る湖暮れなむとし水すましゐて波紋をゑがく

降れるとも見えぬ夕べを沼の面は仄明りして波紋生れつぐ

刻の間をおきて潮の色変る石見の海も秋となりたり

萱も樹も鳴りて靡きて颱風の荒るる砂丘に生くるものなし

海も鳴り山も鳴りつつ颱風に押されゆく丘潮の香高し

赤錆びて砂採機立つ三里浜へ白き夕波音なく寄する

十和田湖

湖畔より踏み入るブナの原生林声すき透り啼くは何鳥

六月の曇り重たき空の下しづまる湖は濃き藍揺する

湖畔なるあかまつの木は風雪を経ておのづから象《かたち》とととのふ

波碧き十和田の湖に船ゆれて夢うつつなる心を揺する

木のみどり水の碧さに身内さへ染まるやと思ふ十和田の湖に

見るかぎり早苗田つづく曠《ひろ》き野を夕べの霧は抱かむとする

青き田を奪ひし水の退《ひ》きゆけば磧となりて白く乾ける

水量はやや衰へてえぐられし青田の底に石露はなる

平和をば訴へて死ぬ佛僧を焼身菩薩と吾は拝《をろが》む

雪舟の底に対へば汝がこころ憩へ憩へといふ声のする

医光寺

河豚中毒

口唇のしびれ手足もしびれたり死ぬるならむ
と亢ぶりて言ふ

河豚中毒と深夜二時間とりくみて生への執着
つぶさにぞ見し

中毒のひとの生命を救ひ得て暁方ちかし豚の
ごと寝む

うな垂れて待合室にぎつしりの患者をみれば
こころ重たし

主治医なる吾は寂しも葬《はふ》り火を移す遺族の目
に逢へるとき

喘ぎゐし昏睡の顔葬り火に消えて隠《おだ》しき笑顔
顕《た》ちくる

知る人と花輪あまたに埋もれて遺影の唇は物
言ひたげに

冬陽

語りつつ肩並べくる女学生冬陽にいきいき頬かがやかす

大都市へ奪はれゆかむ女学生海辺のみちに嬉嬉と語らふ

冬雨のひと日洗ひし道芝は枯色のまま美しく見ゆ

草も木も枯色なせる山峡にわれも自然の一部
となりて

潮の香に春の兆しをおぼえをりひさびさに凪
ぐ海へむかひて

肩の重荷おろす思ひし歩む径麦穂は早も出揃
ひてをり

太き手

堆肥のうへに吐きしは警告の血なりしものを
かりそめに診《み》し

手術の結果はよしと信じゐるにいかなる言葉
もちて看とらむ

触れざりし小さき癌腫よ知らずして人のいの
ちをわが犯したる

累々と手に触れて来し塊りを病むこの人に知られじとする

往診の夕べの門にひと声と食器触れ合ふ音のきこゆる

盲目の患者は慣れし手つきにてわが手洗ひの湯を沸《わか》しゐる

未来

子らの未来妻と語りて寒の夜は暁ちかし一酌《つき》の酒

孫たちに疎まれてゐる老母の卓にうつむき箸そろへゐる

雪道をうつむきてくる乙女子の夢みるごとき瞳あげたり

目覚めたる雪の夜更けて深山に蟬鳴くごとき
幻聴おこる

鮎よりも河豚よりも美味きものありき賜びし
寒鯉わが舌にのす

下顎呼吸あへぐ生命を医師われよみがへらし
て血潮高鳴る

小包の固き結び目ほどきつつ老いたる伯母の
心に触るる

昭和三十九年

大山

水成岩累なりあへる大山《だいせん》の磧くぐりし水は清《すが》しも

新雪の光をはなつ大山の空気に脳は浄《きよ》められゐる

裸木のブナ林に朝の陽はまぶし妻の横顔撮《と》らむとするに

灰色につづく砂丘残されし蹠のくぼみに時雨ふるみゆ

うちつづく稲架の稲みな短かかり伯耆野染めて沈みゆく陽《ひ》に

丘陵の陽かげとなりし入湾《いりうみ》は紺青濃し沖の潮より

検屍二

断崖を吊りあげらるる君の屍体荷物のごとし
灯に照らされて

屍体守る群衆去りて断崖はぶ厚き闇にゆるき
潮騒

自殺せむと毒嚥みし人の胃を洗ふこの人の意
志に背《そむ》くと知れど

汝が白髪減りて来しよと衰へし視力の母がふと言ひ給ふ

白色の発動船ら軽快に鼓動つづくる海の朝凪ぎ

寂かなる愛の燈明《あかし》よ半世紀経し父の忌に母は掌あはす

いま撞きし鐘のひびきの沁みてゆく土へ行く身ぞみないつの日か

初夏

地の上に病める人らのことごとく癒えたるごとし初夏の朝は

初夏の光に畑のひろがりてたばこのひろ葉ゆたかにそよぐ

白きベッドに笑む嬰児を見てあれば神の創《つく》りしもののごとしも

はるかなる岬をめぐる白波に朝陽そそぎて光の環なす

江川の峡のみどりに父を呼ぶ若きみ魂の声きこゆるか

夕月乙女の花と名づけむ月光に触れて花咲く宵待草を

遙かなる漁り火あまた渚べに影うつしつつ涼風おこる

星月夜三里ケ浜の風紋は型いくつなるか灯に
照らしみる

秋ちかく屋根に傾く星座らをとみに親しくな
りしと思ふ

夕陽さす海辺の路に日もすがらとりたる貝の
小さく鳴きいづ

白鳥は岸に水藻をついばめり紅き嘴ふるはし
ながら

年始

つつがなく働きくれし胃を心臓を吾れはねぎらふ年の始めに

深き夜を肌着の下に止まず搏つ紅き心臓拝みたくゐる

うすれゆく月のあかりに家も樹も齢《よはひ》かさねし影をもちつつ

時雨ふる刈株の田の水たまり雲を透きたる夕光《かげ》たもつ

灯《とも》りたる漁夫部落の家ごとに簀子の海苔は潮《うしお》ふふみて

潮ひきて露はとなりし入湾《うみ》に磯岩はみなくろき艶もつ

いま一度覚めたまへかし現《うつつ》なく物言ひたげに瞳うごくに

昭和三十八年

ケネディの死

水底にひそみうごかぬ鯉たちよケネディの死を悼むならむか

ひたすらに我を頼れる人々を始めて知りぬわが病ひ告げて

くりかへし物思ふ傍に信じきる妻の寝息は安らかにして

ネクタイは派手なるを選《よ》れといふ母よ老けゆく我をみまもり給ふか

すがれたる穂すすきなびく山越えて遠き海鳴り風にたかまる

波さわぐ今宵乏しく漁り火の顫へながらも沖にまたたく

ヘルン旧居

ヘルン師の在《いま》せし日々はこの家の庭木々低く
ありしならむか

外人としては小柄のヘルン師をまぼろしなが
ら坐らせてみる

天心に月明くして眼下《まなした》に工場のうなりやまず
とどろく

放たれし褐色の牛立てるあり寝そべるありてゆるく反芻す

ほしいままに青き海原泳ぎつつ若きいのちの蘇りくる

診察に来りし漁婦のふくらはぎ鱗があまた乾《から》びつきをり

往診の家に老婆の竹籠を編みゐて竹の匂ひかぐはし

霧雨

日ならべて降る霧雨にまだ熟れぬ青き麦穂のくろずみて立つ

霧雨の野面植ゑゆく早乙女の白き手拭かたみに動く

蛙鳴くこの短か夜を若草のいのち燃やして靡き寝るらむ

山川の瀬鳴りに乗りてみなかみを声ふるはして河鹿鳴きいづ

渚より架線に乗りし原木《げんぼく》は白き夏雲のなかのぼりゆく

山かげに太き原木おくりたる架線は空にしばらく震ふ

波寄する向う汀に葦枯れて芽ぶきゆくもの日に日に青し

胃手術

九州大学病院に義弟の手術に立会

切られゆく腹膜を見る癌組織飛火なかれと祈る思ひに

ライオミオームならむと言へる執刀医ラッキー叫ぶ声も弾みて

万歳と声をあげたき衝動をこらへかねつつひとり夜汽車に

目ざめたる筑紫の宿のあけがたを蜜柑つめたく咽頭《のんど》おりゆく

海辺なる丘に並べる墓石のみな睦まじく雪をかづきて

海風に凍てし掘割の土こぼれわれの肌へを剥がるる思ひす

伯耆野の春の光をみなあつめ瑞々しくもこぶし花咲く

マイクをばつきつけられてゆとりなくわが声乾きうはずりてゐし　山陰放送対談

色づきし夏柑の顆は葉陰よりみな現はれて冬の陽を吸ふ

洗濯よりかへりし妻の髪にひかるいくすぢの雪みるまに雫す

まきおこる青潮すべる浪の秀は冬の渚にまばゆく白し

空稲架に乾されてくろき芋の葉は海べの畑に
音たてて鳴る

焦立ちて患児の父にわが投げし荒きひと言錘《おもり》
となりぬ

採りて来し脊髄液は試験管に血の凝らぬに君
は呼吸絶ゆ

逞しき君の骨格曲げられてゆるぎもならじみ
柩のうちに

昭和三十七年

海鳴

あけがたを海鳴凄くとどろきてわが来し方の悔をめざます

踏みてゆく防風林の枯松葉しぐれの色を帯びてつゞける

時雨過ぎし防風林の涯にして見えざる海の今朝は鳴らずも

うな垂れて新墓帰りのその妻を見ぬふりをして遠ざかり来し

ひとすぢの光のごとし傷心に沈みいるとき君の電話は

緋紅葉の枯れたるあとに何を植ゑむ黄金色に芽ぶく桧葉よからむか

内臓

内臓が皮膚を纏へるごと痩せしひとの脈をとる業をさびしむ

幾日の残るいのちを洗ひたての浴衣につつみをみな呼吸づく

呼吸絶ゆるまで診に来てとのみ言ひて咽ばむとするを女《ひと》は堪へをり

恐ろしき病ひの予後に触れまじと患者もわれも暑さのみ言ふ

このままに餓《ひ》つくならむと言ふ女《ひと》に語調も弱くわれは否みぬ

たのしみに往診待つと死期迫る唇うごかせり眼がしらうるむ

水泳

入湾《うみ》を背泳ぎゆけば潮の香に空ひろがりて雲
白く湧く

飛沫あげて泳ぎゆきつつ青潮の幅ある重き抵
抗を蹴る

それぞれの色に芽ぶきし高角《つの》の山のみどりに
深く呼吸づく

昏睡の幼児は腿の注射針に太声あげぬ愁眉をひらく

受話器より鳩時計のどに鳴りゐつつ待ちかねし声いま耳に入る

八木沢君子氏

かたくかたく手を握りしめ改札に訣《わか》れし友をまたふりかへる

微笑みてわが手をかたく握りしめし触感のこる帰り電車に

往診

夜深くベルけたたまし往診にあらずやと床に
身をちぢまする

夜深くひとの咳する家並すぎて南風《はへ》なまぬく
し肌にこころに

血色の今朝はよろしき病む母のいます炬燵に
並びて坐る

円かにも雲にぴたりと据はりゐて午前六時の月は明るし

肢触れあひ眠れるひとよ汝《な》がほかに心をゆるすものは世になし

急患に起きむとするに深夜ベルつづけざまにて一家焦立つ

服を着て寝てゐるでなし着換まで二分がほどはベルお待ちあれ

老母はギプスの足を移動して重き音さす夜の廊下に

思ひよりうつつにかへるストーブの火の音たてて燃えあがるとき

輸血器より一滴づつが注ぎゆく見知らぬ人のいのち運びて

蒼ざめし頬に紅《くれない》差さすべく残る一滴こぼさじと注《つ》ぐ

二十年の勤めがさすか現《うつつ》なく帖簿をめくる手つきを止めず
昏睡

笑まふとき見せし反つ歯をそのままに眠りし死顔呼べば醒めむか

死期迫る父と知らぬか往診の門にその児ら声あげあそぶ

焦燥とあきらめの色まなざしにあらはれて生命《いのち》救ふすべなし

脈断《き》れし手をばはなして出で来しに陽はうら
うらとあめつちに照る

けだものの野性に還り囚はれぬ大地をほしい
ままに駈けゐむ

人知れず薮に鎖のまきつきて飢ゑてあらむか
寒空のもと

手のあぶら小屋の柱にこすりつけ嗅ぎに還れ
と母は祈りし

昭和三十六年

棚田

暮れはてし棚田に稲架を組むならむ諦めては軽くたたく気配す

うからはらが子らの未来を語りあひ老母のうへに及びて黙《つむ》る

叔母逝く

刻の間に冷えゆく叔母の指《おやゆび》をばねもごろに組ませ数珠かけてやる

身じまひと屍飜《かへ》して愕きぬほそりし腰のよくぞ今日まで

洗濯板のごと肉減《へ》りし腰を見つつ強く生きよと言ひたるを悔ゆ

蹠指《あしのうら》のまたまで浄めたり死出の旅路をさはり
なく行け

み柩にまるくなりたるわが叔母の髪梳りては
せめて粧ふ

み柩におさめむとして太き太き叔母の骨格は
亡き父に似て

唇を震はしながら叱り賜びしこともなつかし
柩と行きつつ

ヘルニア手術

腰椎を割きゆくときに白布ずれて祈るがごときまなざしに逢ふ

胸を病むかの老人も漁りゐむ沖に連なる漁り火のなか

朝日浴びてもどる漁舟は生業《なりはひ》にかかはりもなく白に耀ふ

風紋のつづく砂原陽は遠くわが立てる影おぼろにうつす

白き烏賊吊り渡されし屋根あひに碧ひと色の空はひろがる

海よりの風光りつつ砂畑に桑の新芽の匂ふ径ゆく

軒下に干したる海苔の簀子より潮は雫す陽は寒くして

ひと足を踏み出しつつ歩けると医師われを見
て婦は涙ぐむ

のぼりくるをみなの髪のもみぢ葉は高雄の神
の賜びしかんざし

まぼろしの建礼門院立ちたまふ縁に侍《かし》づき池
を見おろす
寂光院

うつつなく聞きてをりしは韓人《からびと》の婦が唐辛子
を粉にする音

昭和三十五年

地上懇親会　於逗子

単発ありて連続ありていびきかも歌の友らと雑魚寝しをれば

夜明けなば冷かしやらむ誰なるか海獣潮を噴《ふ》くいびきする

昼間よりの歌論つづくか他の人を駁《ばく》するごときいびききはだつ

衰へてをりしが今は盛りかへし右隣なるが王者のいびき

三軍を叱咤するごときいびきあり対馬先生かと闇透しみる

もろもろのいびきはおほかた静まりて暁近し昼は訣《わか》れむ

安保デモ

わが子らの暗き時代を阻まむとためらひながらデモに参加す

わが子らの年輩のみのデモ隊にわれ一人あり異物のごとく

安保デモともに為《せ》し人と気がつきてゆきずり人に親しく会釈す

昭和三十四年

遺書

病みてより遺書書きゐると言ひ給ふ他人のことを語るごとくに
大谷嘉助氏

足萎《な》えの少女聴診するときに乳房ほのかにふくらみてゐぬ

ひと一人呼吸絶えゆる度に我を呼ぶ汝《な》が為《せ》し
ことの空しさ見よとか

永病みて眠れぬ人のつぶやきの聞ゆるごとし
この月の下

新しきクラスメートを見くらべて跪行の女児
の眼におびえあり

往診のわが肩にきてとまるなりすでに慣れた
るこの家の鳩は

夜の往診なくてめざめし蚊帳越しに芙蓉の花はゆたかに咲きぬ

昨夜ひと夜脳炎の児に痙攣は起こらざりけり天朝暁す

砂浜をおかつぱ振り振り駈けまはる山の子は海に憑かれしごとく

吾が心傷つきし夜の熟睡《うまい》する吾妹子の手に手を組みて寝る

技《ぎ》を見よと中学生の吾児が漕ぐボートに湖水ぴたぴたと鳴る

拓地には始めての俵できあがり撫でてみたるか月の明りに

雪の畑に結《ゆは》へられたる桑の木に芽ぶかんとするしるしたしかむ

かたくなに怒りて黙《もだ》す児の顔にわがおさなき日見て叱られず

昭和三十三年

海原

海原の見ゆるかぎりは立つ波に吸はるるごとく霙ふる見ゆ

雄三瓶《さんべ》雌三瓶子三瓶孫三瓶と女体のまろみもちて起伏す

一泊の旅にいで発《た》つまぎはまで病む人の脈とらねばならぬか

戸明くれば湯抱《がかえ》の村は星月夜雨と聞きしは谿のせせらぎ

結《ゆは》へられし桑木芽をふく朝にして霧とおぼしき雨ふりてをり

若葉匂ふ丘陵の空にみどり児を葬る鉦のゆるくひびけり

笑顔しつつ診察室に入りて来し盲《めし》ひの娘の羽織新らし

転医せむと思ひてかゐむ人の胸をそ知らぬ顔に診察すわれは

亡き父に我が顔も声も肖《に》て来しと受診せし人目を細め言ふ

熱退《ひ》かぬ患者のことにこだはりて煩ひのなき池の鯉見つ

診察室に今入り来る永病みの患者の愚痴をわれは怖るる

訴ふるところをもたぬ愚痴なりと病むひと帰りしあとに思ふも

病む人の苦痛をわれの死ぬ日まで聞きてやるべし菩薩のごとく

永病める老女の愚痴を今日もまた聞く覚悟せめて障子戸明ける

ひさびさに心和む日みちのべの麦の青穂を撫でつつゆきぬ

浅きより寄せくる水と交りて高津の川は蒼く渦巻く

湯あがりの母の背曲る醜さを寂しみにつつ矯めてみるなり

かぎりなく漁り火闇にまたたきてさびしき石見の海ははなやぐ

昭和三十二年

燕の声

今朝は何か鳥の世界にあるごとし燕《つばくら》の声ひときは明るし

ああ遂に登頂せりと声あげてわらべの如く雀躍《こをどり》したき

マナスル登頂

毒を噤《の》みし恥らひもつか乙女子は昏睡さめぬ
風《ふり》して眼を閉づ

あきらめて寂しく笑める眼ざしの幾日保たむ
その生命かも

偽りの慰さめ言ふに病むひとのすべてを知れ
る眸《まみ》にたじろぐ

陽の落ちし空に茜の団雲は大き孤独をつつみ
て光る

亡き父のふぐりを蹴りしわらべの日ふと思ひ
いづ児を抱寝して

唇を噛みて嗚咽に耐へむとす人のやさしき理
解の言葉に

考へごとをしてゐるならむ夜明けがた声鳴き
やめし梟汝《なれ》も

懐しげに患者は語る我が父に乗馬往診しても
らひしと

昭和三十年―三十一年

伊東静雄詩碑除幕式

盲ひたる友歩み寄り建てられし詩碑のおもてを撫でてつぶやく
宮崎康平氏

隊商ら砂漠に何か祈るごと蚕は眠る頸をのべつつ

古き友は学位得るべく札幌に兎の耳の血を検《しら》ぶるか

何にても秀づることの出来ざりしわが来し方の寂し夜汽車に

学位とる友等をよそに田舎医師と埋もれゆくか秀才君も

われ死なむ日も今日のごと清《すが》しなれ隈なく青き月の光よ

大覚寺伽藍の空に木蓮の白き花弁は光を胎む

なぐさまぬ今宵のこころ眠る児の温き頭《つむり》に手を触りてみつ

掌を合ひごとき象《かたち》にわが庭の蘇鉄芽ぶかむさみどりの色

梅雨曇りあぢさゐの花咲く見れば仄かなる憧れ世にあるごとし

三里浜灘にちらばる岩礁はしぶきをあぐる叫ぶごとくに

稲架のあとにずらりと吊れる大根のまだ生々《なま》し月夜あかりに

初雪の眼《まなこ》に入りて溶けゆく心幼なくなりて立ちゐつ

生れて初めて曳きしこの犢《こうし》冬陽照る野に跳ねてとまらず

穂に出でしばかりのすすき褐いろの金髪なびくごと初々し

眠る児の額に手をば触れて思ふいかなる未来を生きてゆくかと

霰降る夜の往診より帰り来て失はれたる体温を憶ふ

道の辺の疎き人との立話いつか薄の穂を噛みてゐつ

氷雨

添臥の妹が手はなれ氷雨ふる夜の往診に出で
なむとする

転医せむと決めゐしならむ往診の吾に硬ばり
し面を向けたり

ヒューマニズムうすれしときは破れたる畳も
脈とる手も汚ならし

癒えがたき患者に向ひ焦立ちて言ひしひと言
にひと日こだはる

おとなしき性質《さが》もつ君も母を叱る病みて生き
死にの境にあれば

生きがたき病ひの床より痩せし手が伸びて幼
なの手をもてあそぶ

死にゆかむ人の枕辺立たむとす癌の医学の無
力恥ぢつつ

病める児は鼾をかきて眠りをり背戸の海より
風吹きこむに

検屍せし老婆の趾《あし》の畸形こそその生涯の秘密
なりしか

手をつきて血を吐きながら幼児の名をばつぶ
やき眼をとぢしまま

まじなゐとて患者の腹に描かれしあまたの木《で》
偶《く》は見つつ笑へず

幻聴

幻聴の電話に覚めしあかときを思ひは到る病
む人のうへに

真夜中の往診より帰り冷えきりし番茶をすす
り眠らむとする

長病むと愚痴言ふ人に逆らはずその胸を聴く
聴診器もて

往診を断りたるにこだはりて熟睡《うまゐ》せざりき行くべかりしを

眠《みん》薬の効《き》きて躯にめぐる間を楽しみて待つ夜の深きに

人の尿《いばり》遠心沈澱器にかけながらこころは憩ふ青き草木に

田舎医師何楽しみに生くるやと問はれてしばし答へためらふ

休診日の電話うるさく立ちゆけば癒えて働くと弾《はづ》める声す

ヘルシンキ放送の興奮さめぬまま白衣ひつかけ患者にむかふ

運動会の生徒の群に松葉杖の少年ありてこころ痛むも

夜くだちて吾妹子の煮る柚子味噌は香に立ちにけりわが臥しをれば

半日を待たされし税務署の門を出てひたすら
に慾し一杯《ひとつき》の酒

駅近くなりて乗客の立つ時に俄かに我は孤独
を感ず

宥せよと仏壇の夫《つま》に声かけてひとはダンスに
夕戸出をする

覚めて聞けば屋根のうへ過ぐる爆音よ機上の
兵にも妻子あらむを

昭和二十三年——二十九年

白骨

防衛隊新設に隣りくさむらにどくろがひとつころがる写真

博愛といふも国境ありと知るくさむらにどくろの写真を見つつ

白砂のごとくちらばる白骨のなかなる汝《なれ》を尋《と》むるすべなし

さらばぞと挙手の礼してゆきし弟瞳涼しき兵にてありし

感激の瞳《め》もて仰ぎしそのかみの飛行機にあらずいま過ぎゆくは

硫黄島にわが弟は死に義妹の牛曳く声はくらき夕田に

硫黄島砲煙の暇《ま》にうぐひすを詠みし汝なれ永
遠に眠るや

太平洋方面引揚完了の報聞きて今は空しも熱
き祷《いの》りの

塩焚くと浜松が根の仮小屋に夜は更けにけり
赤き窯《かま》の火

仲秋の月天にありわれ死にて自然に還るさま
が目に顕《た》つ

大山

山肌を匐ふ伽羅木の木群に霧ながれつつ朝の鳥啼く

山を拓き建てたる家に眸あかき兎のをりて朝の草食む

薮《ぼ》を焼き木の根を掘りて拓きたる君の畠に陸《おか》稲色よし

雲に映え十種《とくさ》ケ峯に沈む陽を妹は見るらむ夕なタなを

羽搏つあり水潜るあり大川の秋の光に白き家鴨ら

みどり児の掌を合すが柔らかき蘇鉄の嫩芽ひらかんとする

生れいでしものの聖さよ柔らかき蘇鉄の嫩芽真日に耀ふ

食ひさしの烏賊の足なぞころがれる枕辺に坐り聴診器出す

永病める人診むと来し夕まぐれ牛のまぐさを切る童あり

永病むをののしる声の厨より聞ゆる部屋に診察すわれは

治す術《すべ》なきに往診せねばならぬ秋の曇り日憤り湧く

憤り抑へてかへる畦みちに韮の小花は白くさゆらぐ

嫁いりの瑕《きず》にさせじと幼な女《め》の額の傷はこころして縫ふ

さみどりの植田の畦に白き掌をかざして清《すが》しくちなしの花

曇り硝子を透きて紅《くれなひ》仄かなり座敷の庭にキリシマツツジ

夜の爐に赤輝れし手をかざしては物縫ふひと
も妻さびにけり

ひとしきり話題とぎれししまくらを火鉢の燠《おき》
のうつりゆく音

今日にても生命終へたき願ひなり術あらぬや
と拝む癩者は

窓外に木は緑なれ癩病みてこの離れ屋に潜み
て棲むと

昭和十七年以前

追悼須山久子

むらさきの藤の花房うな垂れて今日逝くひとに愁ひふかしも

死にゆかむ人と思へず梳きあげし黒髪のしたの頬のくれなゐ

目交《まなかい》に顕ちくる人の面かげはにこやかにしも
笑みつづくるを

水漬きたる二階の人を診し代と濡れし紙幣を
わがいただきぬ

この浜に漂ひつける大臼や潮たたえて秋空う
つす

ねもごろに語り継がるる師の前に野人のわれ
の心おきなき

川島園子氏

開戦の今日も変らず黙々と麦うつ人に冬日あたたか　　日英米開戦

元帥死せず元帥死せずと叫びつつ立ち坐りつ憤り制へ得ず　　山本五十六元帥

事もなげに十四夜の月のぼりたり磧となりし稲穂田の上に

竹林を透きて流るる大川や春の光の漣立つる

臼挽き

わが母と臼挽きをれば香ばしき匂立ちつつ粉こぼれ落つ

妻めとる日は近ずきぬ無心なる白き兎に草喰せをり

朝寝髪鏡に梳る新妻を眩しくぞ見る床の中より

よべの夢に美しく生れし嬰児を妻語るなり目
に見ゆるがに

あの星は南寧で見し星なりと戦傷の弟感深げ
なり

幼き日医師の父につけられし種痘の痕の大き
くて恋し

ばんばんと腹は膨れてしまひたり祖父のいの
ちいまは術《すべ》なき

木枯に吹き晒されてカシオペア夜天の遠《おち》に冴
へきはまりぬ

冬陽透すすがれ穂芒しろがねの花とし群れて
揺れ光るなり

海鳴のきこゆる家並夕闇のいろ深くして魚焼
く匂ひす

車窓により磯のしぶくと叫ぶ児の髪を涼しく
風の吹きをり

越後海岸椎谷にて

家裏に出ずれば荒き大海やとどろと鳴りて君
の声聞けず

いつまでもこの無邪気さにあれかしと肩並べ
ゆく君に思へり

その父母とビールをのめば行儀よく愛しき君
はお給仕をする

蟠龍湖

石見のやいにしへ人も春の日は昼餉しにけむ
この湖に来て

人麿が臨終《いまは》のあした眺めけむ石見の野づら春
の雨ふる

歌集　いのち守りて　終

あとがき

斎藤茂吉著『柿本人麿鴨山考』に、『私は人麿がこの戸田に生まれたという事を疑っているが歌聖の生涯を彩らせるのに、こういう山陰海辺のものしずかな処を生誕地としても邪魔にならぬ』とある、その戸田に私は生まれ、育ち、現在もここに亡父の医業を継いでいる。戸田には柿本人麻呂神社が祀られて千二百四十九年を経ている。

津和野藩出身で、明治天皇の侍講だった福羽美静子爵は、在藩時、よく戸田の海に遊び私の曽祖父澄右衛門正広も和歌の指導を受けたらしく、墓碑銘に『棚田山松も昔のその音に法《のり》の身すがら幾世とゞめむ』が刻まれ、祖父岩太にも英和多歌集がある。

さて九才の時、父澄太郎に死別し母マツノに育てられた私は年少にして現代詩に傾倒したが、昭和十二年、親鸞聖人配流の地、越後国の病院に勤務の頃、詩に行詰りをおぼえ、加藤幹次、村井愛子の勧めで窪田空穂系の丸山芳良歌集『栴檀』『丹灰集』をよんで、その抒情性と多分に社会性をもった世界に惹かれるまま『地上』に入社して、対馬完治氏、川島園子氏の指導をうけ、応召大陸に出征、帰還してからは郷土の浅井喜多治氏らの『緑野』に加えてもらった。

〝独乙の作家、ハンス・カロッサは『私の心に、いま一番ほしいのは、救ってやる事の出来ないだろうということの分かっている人達だ、』と書いているが、私を頼ってくる病める人々を、医学の限界から悉く救ってやれない焦燥、科学者としての冷徹な眼と、血のかよった人間としての暖かい眼との距離の疼みから、罪の意識に苛まれることさえあった（中略）、貧苦や病苦のうちに昇天していった人々の声も、私がしないで誰が訴えてくれただろうか〟一昨年出版の私の詩集『わが鳶色の瞳は』の後記の一部である。私の作歌を支えてきたものは、風土への愛とヒューマニティであったが、世相の激化は、自然の破壊とともに人心の荒廃を来し、医師と患者とのヒューマン・リレーションの断絶を体験させられる場合もあった、とは言うものの『病む人の苦痛をわれの死ぬ日まで聞きてやるべし菩薩のごとく』のように、時に背かれることはあつても大きい愛をもってつつんでゆかなければならないと思う。

ジャンルこそ異なれ現代詩も私の分身であって詩作の傍ら、衝迫を受け成った短歌は異質のものかも知れないが、私の生涯のまずしい履歴書であり偽らざる魂の告白である。

歌集の配列は逆年代順であり、六千首の中から六百首を自選した。老齢の故を以て序文を断られた対馬先生からは昭和四十四年度地上空穂賞第一位の入選歌選評を序文に代えてよいと御諒解を得た。昭和三十年頃、鳥取放送局から吉井勇選のラジオ歌壇が放送されていた頃の選評の一部を解説として掲載させて頂いた。銀閣寺下のお邸で対面した私の独断を地下の先生はお許し下さると思う。歌集名は本年度地上空穂賞入選作名を用いた。生の証しとしての歌集出版にあたり『地上』『緑野』の同人各位の御交誼に厚く御礼申し上げる。初音書房主小島清氏にはいろいろ御無理を聞いていただいた、小島氏を推薦された梅田敏男、中村秀子氏に感謝する。原武男、定久桃代氏には御世話をおかけした。また、私の精神生活のよき理解者であり自らも『往診の電話に盃ふせて立つ夫には盂蘭盆の安らぎもなく』『往診の電話断りて切りたれど眠りにつけずと夫は出でゆく』（吉井勇選）の作歌ありて、喜びも哀しみも共にしてきた妻光枝に心からねぎらいの言葉を贈る。

昭和四十七年七月

（旧版　あとがき）

※本書は昭和四十七年十月十日発行、地上叢書第三十六輯歌集『いのち守りて』（地上社刊）を新装復刻したものである（編集註）。

新装復刻版への
あとがき

今回、はからずも東京の文芸社より昭和四十七年に刊行の第二歌集『いのち守りて』を新装復刻するようお勧めを受けました。

私は本年十一月で満九十二歳を迎えることになります。健康にも恵まれまして、まだ来診してくれる患者さんの診療をつづけ、一日一日を感謝しながら過ごして居ります。

岡崎澄衛

初版歌集の『あとがき』にひと筆書き添えました。

第二歌集出版以降の経歴を書き添えます。

一九八五年六月　詩集『カトマンズの星空』（飯塚書店刊）
一九九二年十月　詩集『いっぴきの鬼』（飯塚書店刊）
一九九三年十二月　日本現代詩文庫83『岡崎澄衛詩集』（土曜美術出版刊）
二〇〇二年九月　歌集『三里ヶ浜』（短歌研究社刊）

平成十五年九月

著者プロフィール
岡﨑　澄衛（おかざき すみえ）
1911年生まれ　臨床医家
日本歌人クラブ会員　歌誌〔地上〕〔緑野〕同人
日本現代詩人会員　日本詩人クラブ会員　医家芸術会員
詩誌（日本未来派）〔河〕“風祭”「石見詩人」同人

主な作品集
歌集『揚子江』（地上社　1961年）
詩集『遠望』（文学無限社　1961年）
詩集『わが鳶色の瞳は』（飯塚書店　1969年）
日本図書館協会選定図書
詩集『カトマンズの星空』（飯塚書店　1985年6月）
詩集『いっぴきの鬼』（飯塚書店　1992年10月）
日本現代詩文庫83『岡﨑澄衛詩集』（土曜美術出版　1993年12月）
歌集『三里ヶ浜』（短歌研究社　2002年8月）

歌集 いのち守りて

2003年9月15日　初版第1刷発行

著　者　岡﨑 澄衛
発行者　瓜谷 綱延
発行所　株式会社文芸社
〒160-0022　東京都新宿区新宿1－10－1
電話　03-5369-3060（編集）
03-5369-2299（販売）

印刷所　株式会社エーヴィスシステムズ

ISBN4-8355-6247-X C0092